LES ALTERNANCES

Alphonse Beauregard

Edition : Culturea (culurea.fr), 34 Hérault
Contact : infos@culturea.fr
Impression : BOD, Norderstedt (Allemagne)
ISBN :9791041973323
Date de publication : juillet 2023
Mise en page et maquettage : https://reedsy.com/
Cet ouvrage a été composé avec la police Bauer Bodoni

Liminaire

Symbole

Ô Vie ! aurais-je pu tendre un cœur plus aride
Vers l'amour dont tu fais l'étoile qui nous guide,
Vers l'amour nécessaire aux résurrections ?
Derrière moi, pourtant, s'efface ma jeunesse
Et je demande encore à connaître une ivresse
Aux insondables tourbillons.

– Fallait-il assoupir ton âme dans l'orgie,
Au lieu de libérer l'invisible énergie
Que l'homme porte en soi pour gravir les hauteurs ?
Tu faisais de l'amour une farce insolente,
Je ne t'en accordai que la part suffisante
À mettre un flambeau dans ton cœur.

– Ô Vie ! en moi brûlait l'ambition féconde,
Je me sentais promis à gouverner le monde
Et tu ne m'as donné que moi-même à régir.
J'ai tenté vainement de violer la gloire,
Et mon travail, offert d'un geste péremptoire,
Parvient à peine à me nourrir.

– Juge, par ton passé glorieux, si le faste
À ton avancement n'eut pas été néfaste.
Vois si ton art, du moins, ne t'a pas enchanté

Et si l'échec de tes rêves d'omnipotence
Ne t'a pas enseigné l'âpre persévérance,
La mesure et la volonté.

– Ô Vie ! enfin j'avais entendu ta parole,
Je saisissais le but de ta sévère école ;
Peu à peu je voyais poindre un jour éclatant.
Des mystères vaincus traînaient sur la chaussée,
Je touchais au lien qui joint toute pensée,
Trop tard, hélas ! la mort m'attend.

– Dans ce monde où l'idée, en souples avenues,
Mène à tous les ronds-points, aux abîmes, aux nues,
Où chacun a pour lui le zénith et le vrai,
Où put naître un Voltaire après sainte Thérèse,
Heureux celui qui meurt pendant qu'une hypothèse
L'éblouit d'un nouvel attrait.

Conscience du cœur

Alternances

I

Plein de joie en puissance et de force inutile,
Son front de jour en jour plus proche de l'argile,
Il est des temps où l'homme, endurci, ne sent rien
Que le choc des désirs brutaux contre les siens.
Il marche et devant lui les spectacles du monde
Passent sans l'enrichir d'une image féconde.
Tout à coup l'amour vient, lumineux, triomphal,
Et l'homme qu'attirait un paradis banal,
Le dédaigne et se vêt de nouvelle espérance.
Des faits accoutumés changent de résonnance,
Son courage grandit devant les actions,
Son esprit a des heurts d'où naissent des rayons,
Ses rêves, saccadés comme un feu d'artifice,
Vont du rose avenir au pourpre sacrifice.
Il vit avec ceux-là qui, d'un geste hautain,
Jetèrent aux chacals un luxueux destin
Pour un instant d'amour, de folie et d'extase.
Il revoit dans l'histoire, oscillant sur leur base,
Les lourds événements, rochers superposés
Que lança sur le peuple ou retint un baiser.
Toute une mer d'émotions en lui s'agite,
Il saisit, par son cœur que le sang précipite,
Le rythme de la vie au sein de l'univers :

Le majeur des étés, le mineur des hivers,
Les modes alternés en quoi tout recommence,
Le rire des fruits mûrs, le songe des semences,
Et l'aspiration profonde de la nuit
Qui prépare le jour de travail et de bruit.
Des blocs d'ombre, soudain, se barrent de lumière,
Il comprend la pensée inscrite en la matière
Par ceux qui, rayonnants d'aimer et d'exister,
Expriment leur ivresse en œuvres de beauté.
Des plus hauts aux plus bas il voit partout les êtres,
Commandés par l'amour, se chercher, se connaître,
Créer des fleurs, des nids, des ruches, des maisons,
Des groupes, des cités, des forêts des buissons,
Et, vibrant, il respire au centre de la vie.

Riche de sa pensée active et rajeunie,
À la femme du Rêve il accourt la porter,
Tel un prodigieux bouquet diamanté,
Cependant que déjà monte, comme une flamme,
L'orgueil qui de nouveau desséchera son âme.

II

Il est des soirs de lassitude où l'on se dit :
« Au lieu de déclarer le plaisir interdit,
Pour assouplir un art qui nulle part ne mène,
Au lieu de s'entêter des jours et des semaines
À rendre par des mots un élan virtuel,
Qu'il ferait bon d'atteindre, à chaque effort, un ciel,
D'inventer, en flânant, des romans fantastiques,
De s'entourer de fleurs, de femmes, de musique,
D'écouter sur le bord du fleuve, les grillons :
Qu'il serait doux d'avoir l'âme d'un papillon ! »
Et l'on s'en va musant.
Mais, ô Matière épaisse.
Matière envahisseuse, enlisante maîtresse,
On ne s'approche pas impunément de toi.
Le Rêve délaissé devient désir étroit,
Lentement le regard de poussière se voile,
Les mots perdent leur don d'imagiers, une voile
N'évoque plus les beaux paysages lointains.
La pensée apparaît un labeur surhumain,
On l'écarte et bientôt, n'en sachant plus l'usage,
On est forcé d'entendre en soi le bavardage
De tous les appétits bornés et primitifs.
Les minuscules fais et les besoins chétifs
Forment une broussaille opaque, où l'on végète
Dans la trouble stupeur de l'herbe et de la bête.

Un jour on se revoit comme au temps merveilleux
Où se traçaient dans l'air des symboles de feu,

Où des actes obscurs démasquaient leur puissance,
Où l'on tendait les bras, ivre de connaissance,
Où l'on improvisait des chants à la Beauté.
Lors, maudissant sa chute à l'animalité,
On reprend, forcené, l'assaut des altitudes.
Jusqu'à ce qu'on retombe, un soir de lassitude.

Nos œuvres

Si banals soyez-vous, maisons, meubles, habits,
Engins accoutumés, nécessaires outils,
Objets de formes innombrables,
Que de pensée et de sueurs vous recélez ;
Que d'hommes ont connu des moments affolés
À vous rendre plus désirables !

Je vois ceux qui, ravis d'un concept et crispés,
Adjurent des contours nettement découpés
De luire en l'idée imprécise,
Et sentant l'embryon amorphe en leur cerveau
Recommencent, d'après un augure nouveau,
L'obsédant travail qui les grise.

L'idée écarte enfin son manteau de brouillard.
Pour la réaliser la main prête son art,
Et l'homme, ensorcelé, surveille
La matière qui semble, inerte, se livrer
Mais se refuse impudemment à générer
L'étonnante et simple merveille.

Laide ou belle, d'argile ou de fer, l'œuvre naît.
Si longtemps qu'elle dure, en elle on reconnaît
Une époque d'exubérance.
Plus le désir fut grand, plus rude fut l'effort
Et plus l'homme, devant l'ambition d'alors,
Revit sa joie et sa souffrance.

Temple où chacun retrouve un autel favori,
Le monde est plein d'objets qui parlent à l'esprit ;
S'il fallait que tous on les aime
Le cœur éclaterait de trop d'émotions,
Mais à l'œil fureteur viennent seuls les rayons
Des dieux qu'on a sculptés soi-même.

Survivre

– Subsister décrépits, déchus, mais n'être pas
Des ombres que le vent chasse, informes, là-bas !
N'avoir de chair et d'os que pour souffrir sans cesse
Plutôt que, purs esprits dégagés de faiblesse,
Vaguer insouciants dans le vide éternel !
Vivre toujours au lieu de t'espérer, ô ciel !
Même sans toi, que nous seraient des millénaires
À jouir de l'afflux du sang dans nos artères !
Comme nous aimerions à ne jamais risquer
Que notre droit d'agir soit soudain révoqué,
Ni que devant nos pas le sol s'ouvre et bascule !
Ne pas mourir !...
                                        – Assez de songes ridicules,
Voyez, la mort descend sur les hommes, et rien
N'en reste dont voudrait, pour sa pâture, un chien.
Ainsi que des paquets d'éphémères, les vies
S'en vont nul ne sait où ; l'ouragan les charrie.

– Avoir aimé, vécu, puis rien, rien que du noir !
Ô voix, nous ne saurions ces mots les concevoir ;
Mais à notre regard, borné par la nature,
Si pauvrement se peint l'existence future
Que nous imaginons, plutôt, la foule en deuil
Accourant submerger de fleurs notre cercueil.
Et lorsque nous semons des actes sur la route,
À notre vanité nécessaire, s'ajoute
La foi que l'on suivra notre exemple à genoux
Et que longtemps, longtemps on parlera de nous.

– Rares sont les éclairs dans vos âmes avides.
Contre un moment d'envol vous passez mille jours
À satisfaire un idéal de basse-cour.
Brusquerez-vous le temps à coups d'espoirs splendides ?

– Comme des avions après leur ciel conquis
Reviennent sur la terre où leur force naquit,
Nous ne pouvons longtemps vivre d'apothéoses.
Voix du néant, qui nous atteins, les jours moroses,
Et troubles notre cœur épris d'éternité,
Ton rire est impuissant à nous faire douter
Que l'homme cache en lui la grandeur immanente.
Nous narguons le calcul de la raison mordante
Et notre âme jamais ne comprendra la nuit.
Suspendus aux cheveux de la terre qui fuit,
Nous évoquons encor nos heures solennelles,
Rêvant qu'il restera de nous une étincelle.

Appréhension

Ai-je voulu ma vie assez libre et changeante,
Pleine d'amour, de bruit, de départs et de jeu ?
L'ai-je nourrie assez de labeurs, de tourmentes,
De quadrilles parmi les passions hurlantes
Et de courses vaguant des bas-fonds jusqu'à Dieu ?

J'allais prophétisant : Je pourrai, les jours fades,
Susciter des jardins complets de souvenirs
Et m'arrêter, pensif, à chacun de mes stades.
Ému, je reverrai les espoirs et les rades,
Dans les matins flambants, s'estomper et grandir.

Or voici que le feu créateur m'abandonne
Et que nul fétichisme à sa place ne vient.
D'appeler le passé somptueux l'heure sonne.
Vain projet ! Au seul temps où sa force bouillonne
Mon esprit peut construire un temple aérien.

Sur des pointes de fer roule ma conscience.
Je veux dormir, m'emplir d'ombre, ne pas penser,
Et je crains, à me voir chercher l'inexistence,
De n'avoir point, jadis, rêvé de vie intense
Autant que je n'aspire à me décomposer.

Résignation

Depuis un temps difforme, imprécis et mauvais,
On subissait le poids du malheur, on savait
Que du soi de jadis on n'était plus que l'ombre,
Mais l'esprit dérouté vaguait sur les décombres.
Puis, d'un coup, comme si mille rayons vainqueurs
Ensemble eussent frappé le point de la douleur,
La vérité paraît, brutale, irréductible :
Ce bonheur coutumier, constamment accessible,
Eau claire qu'on buvait sans même y réfléchir,
Jamais on ne pourra de nouveau le saisir.
Parmi d'autres bonheurs, musique tatillonne,
L'unique vrai, l'absent, fougueusement claironne.
L'amertume s'abat sur le cœur et l'étreint.
On revoit ceux qui vont leur route avec entrain,
Et l'on est dans son âme un paria qui roule
Dans la boue, en crachant un blasphème à la foule.

On se réveille las, mais sur la terre encor ;
On est surpris devant un familier décor,
Étrangement les sons parviennent à l'oreille.
Il circule du sable en soi depuis la veille.
L'idée a des ressacs autrefois inconnus,
Au cri d'une douleur des spectres sont venus.
On se prend à compter, alentour, ceux qui souffrent,
On voit, à l'horizon, se profiler des gouffres
Où des peuples entiers râlent dans les tourments.
Dans ces mer d'angoisse et de gémissements
On trouve puérile et banale sa peine

Qui ne menace pas d'une tombe prochaine ;
On chasse le tableau d'un essor triomphal
Comme un intrus dont la présence fait du mal.
Plus tard on songe, en remontant vers son enfance,
Qu'on voit depuis toujours, avec indifférence,
De multiples bonheurs de soi-même éloignés,
Et qu'on est seulement un peu plus résigné.

Réversibilité

Soldat qui te repeins les images aimées
Et d'avance te vois, un jour sanglant et beau,
Débordant, le premier, sabre au poing, le coteau
Où pivote un remous formidable d'armées ;
– Peut-être mourras-tu d'un obscur coup de feu,
Un soir de combat malheureux.

Apôtre qui n'entends de tous bruits que les plaintes
Et qui, pour adoucir l'immortelle douleur,
Consumas ta jeunesse ivre d'humain bonheur,
Comme un cierge allumé devant la table sainte ;
– On a dit que ton ciel anticipé n'était
Qu'un rêve à son plus-que-parfait.

Artiste qui t'en vas par les champs et les rues
Chercher avec tes yeux la fugace beauté,
Chercher avec ton cœur sonore et dilaté
Le frisson qui recrée une forme apparue ;
– Il se peut que ton œuvre, ignescente d'abord,
Porte en elle un germe de mort.

La vie astucieuse aime à cacher ses voies
Et force l'homme à la servir par des détours.
Afin de l'engager en de rudes parcours
Elle montre, au lointain, des archipels de joie
Et s'inquiète peu qu'il n'y puisse atterrir :
Son effort le fera grandir.

Conscience

Ô Mort, j'ai connu la souffrance
De sentir le vide et le noir
Arracher d'un seul coup de gueule mon espoir.
Alors dans la ville j'errai,
Me demandant pourquoi le bruit et les lumières,
Pourquoi la foule en mouvement,
Et rien ne parvenait à mon entendement.
J'étais comme un esprit soudain désincarné
Que plus rien ne relie aux hommes ;
Je m'approchais de mes amis, je leur parlais
Mais ils ne semblaient pas comprendre mon langage.
Parfois j'apercevais comme un signal confus :
- Ah ! un espoir nouveau ! Le vent soufflait dessus.
- Cet autre un peu plus loin ? Il s'enfonçait sous terre.
Ensemble, des malheurs anciens
Dévoilaient au dernier des faces
Qui le marquaient au sceau de leur postérité
Et tous, autour de moi, hurlaient : Fatalité !
Puis plus rien, rien que la souffrance,
Plus rien que la plongée en un trou, pour jouir
De son étreinte horrible et chaude,
De ses baisers pareils aux morsures des vers.

Et de m'être, vivant, perçu dans le tombeau,
Ô Mort, je te rayai du nombre de mes maux.

Plus tard me vint la joie.
Sous mes yeux la foule anonyme

S'agitait dans la lutte et le rêve et le crime.
Le vent de chaque effort arrivait à mes muscles,
Ma gorge se serrait pour toutes les douleurs,
Comme le mien, le sang répandu m'était cher :
Je sentais en mon cœur des appétits pervers,
        Semblables à ceux du dehors ;
Je voyais s'exalter, de trouvaille en trouvaille,
        Le songe des illuminés ;
Il se créait des dieux, des temples, des légendes ;
Les symboles sortaient, blancs et nus, de la lande ;
Je subissais le feu des héros, des apôtres ;
Il n'était nul combat, nulle idée, nul amour
Dont je ne revivais la beauté tour à tour.

Le monde extérieur alors s'évanouit.
À sa place, devant mon regard ébloui,
Mes actes, mes pensées depuis mes premiers jours
Jaillirent par à-coups d'un paysage astral,
        Sous forme d'un signe idéal,
Et je les vis germer, s'élancer, prendre un sens.
C'étaient des tiges recourbées, des feux bizarres,
Des gestes de travail, de douleur, de menace,
Des maisons s'élevant d'un bond à leurs terrasses,
Des nombres, des statues, d'autres signes encore,
        Et chacun d'eux en se traçant
        Disait, du début au présent,
Les phases d'action et d'idée alternées :
Toute ma vie était un jour de conscience.

Et d'avoir plus de ciel en moi que ton emprise
N'en peut obnubiler, ô Mort, je te méprise.

Émotions raisonnées

Le dernier dieu

Or, le sage, parti dès son adolescence
Pour juger les flambeaux qui le devaient guider,
Savait à quel néant marche la connaissance
Et confondait la vérité d'une croyance
Avec l'or, qui vaudra ce qu'on a décidé.

Les dieux que la pensée humaine, en son ornière,
Conçut et projeta dans le calme irréel,
Les dieux dont elle attend un rayon de lumière
Quand la souffrance abat l'orgueil sous sa lanière,
Le sage mesurait, en passant, leur autel.

Et quand il arriva devant le but candide
Il lui dit : « Tu n'es rien qu'un réflexe, ô Bonheur.
Un festin répété sans cesse est insipide ;
Sans le malheur comment naîtras-tu dans le vide ?
On t'espère constant par un besoin d'erreur. »

Des suppliques montaient qui le faisaient sourire.
Il s'assit en songeant au chemin parcouru
Et se dit : L'air est pur, enfin, que je respire
Depuis que j'ai chassé ces dieux nés d'un délire.

Et le sage adora sa pensée et mourut.

Évocation

Le noir espace, beau pour une occulte fête,
A, pour moi, recueilli la vie et la répète
En des formes qu'agite un frisson d'océan.
Dans cette irruption d'images se créant,
Peu à peu se dessine une énorme cohue
Qui se démène, lutte et vers l'argent se rue,
Pour garder plus longtemps, sous le ciel angoissé,
Le don prodigieux de vivre et de penser.
Puis cette multitude, aux gestes frénétiques
Si divers et pourtant par leur but identiques,
S'ordonne et représente une autre humanité
Grande d'incertitude et de complexité :
L'humanité qui veut – gourmande insatiable –
Joindre aux plaisirs des sens ceux de l'âme, à sa table,
Et, ne pouvant jamais sonder toute sa nuit,
S'effare du cloaque affreux où la conduit
L'attachement à la matière cajoleuse ;
L'humanité ravie à la fois et peureuse
D'ouvrir à tous les vents prometteurs son cerveau,
Et qui, tenace en son espoir de renouveau,
Cherche son équilibre aveuglément, sans trêve,
Entre les deux néants de la Terre et du Rêve.

Volonté

Dans l'ébullition de mon âge indompté,
J'allais droit à mon but, sûr que ma volonté,
Ni du temps, ni du lieu, ni des êtres sujette,
Me faisait à ma guise homme ou marionnette,
Commandait mon élan, seule guidait ma main.
Sachant que le bonheur conquis est parfois vain,
Je m'amusais d'avance à voir, comme au théâtre,
Sous le marteau de mon idée opiniâtre
Les obstacles craquer de la toiture au seuil.

On m'a dit : « Le vouloir dont tu fais ton orgueil
N'est que l'éclair jailli des passions heurtées,
Le mouvement qu'imprime une mer démontée
Au navire qui semble en dompter la fureur.
Les forces décrétaient l'action dans ton cœur. »

J'ai souri. Cependant les cyniques paroles
Sonnèrent, demandant la mort de mon idole,
Jusqu'au jour où, lassé de leur bruit de coucou,
Je me mis à fouir dans ma pensée un trou.
Plus j'avançais et plus le doute prenait vie.
Comme je dois garder l'illusion bénie
D'être mon dictateur unique, si je veux
Exulter en courbant le sort capricieux,
Je n'osai pas scruter mes gestes davantage.

J'eus peur de m'affaiblir en devenant un sage.

Réflexe

Toi, Mal, dont l'homme a fait son fardeau périlleux
Pour ne pas condamner l'ouvrage de ses Dieux,
Si tu n'allumais pas les convoitises rouges
Dans les mille regards qui sur les choses bougent ;
Si tu n'assaillais pas la lande et la cité,
Hérissé d'égoïsme et de fatalité,
Comment l'homme irait-il, aveugle, sans indice,
Par delà la nature adorer la justice ?

Toi, Souffrance, qui prends l'être insensible et lourd
De son sommeil dans le néant depuis toujours,
Le mords, ouvres ses yeux, exploses dans son âme
Et libères l'idée au contact de la flamme,
Sans toi comment sentir le frisson souverain
D'être une conscience en l'éternel dessein ?

Toi, Mal, qui t'assouvis en créant la souffrance,
Toi, Souffrance, où le mal médite et se condense,
Par vous l'humanité, loin du repos charmeur,
Dépasse son désir d'un ciel inférieur
Et s'élève, parmi les éclairs et la cendre,
Jusqu'à la dignité suprême de comprendre.

Intermède

L'homme songeait : « Qui cherche attaque le granit,
Mes victoires sont des désastres.
Je suis cloué sous le zénith
Et je voulais saisir, à l'horizon, des astres.

« Tout m'échappe. Comment savoir
Si le but du soleil est d'éclairer des mondes
Ou de se préparer, dans la flamme, aux devoirs
D'une maturité féconde ?

« La noix est-elle germe ou repas d'écureuil ?
Est-ce pour engendrer une race d'idées
Ou nourrir d'éclatants orgueils
Que de sang et de pleurs l'histoire est inondée ?

« Pour le bien vaut-il mieux choisir
Plus d'amour et de vie et de mort et de râles.
Ou moins d'êtres et de désirs
Et moins de massacrés dans la lutte fatale ?

« Tout me confond. Pourquoi ce monde qui maintient
Dans le néant sa course énorme ?
Que penser ? Je ne vois que défiler des formes
Et qui ne sait tout ne sait rien.

« Loin de moi, recherche inutile !
Léger d'esprit, dorénavant,
J'irai dans l'attirante ville

Me griser de plaisir mouvant.

« J'emplirai mes heures oisives
De jeu, de spectacles, de sport,
De bruit avec de gais convives
Et, riant, j'attendrai la mort. »

Lors dansa dans la rue un tourbillon de neige
Et l'homme réfléchit : « Que sais-je
Des raisons qu'a le vent, ici, de tournoyer ?
Que sais-je de la force excepté l'employer ?
Que sais-je des secrets que l'animal pénètre ?
Que sais-je de moi-même et de mon propre sang ? »

Il sentit déborder son vouloir frémissant
Et reprit le travail fabuleux de connaître.

L'or

Je suis l'or, simulacre étrange de la vie,
Mode ultime de l'énergie
Que l'homme, prolongeant l'élan primordial,
Conçut pour insuffler une âme subalterne
À la matière qu'il gouverne,
À ses créations de fibre et de métal.

Je circule parmi les rêves
Et ceux que je touche se lèvent
Matérialisés en fantasques moissons
D'œuvres d'art, de maisons,
De vin clair qui chatoie,
D'instruments et de pain, de bijoux et de soie.

Je suis un rayon de soleil
Qui paraît et métamorphose,
Autour de l'homme, toutes choses :
Un amas de charbon en un boudoir vermeil,
Une source chantante en écheveaux de laine,
Une plaque de bronze en essaim de phalènes.

Je suis une vibration
Qui répercute au loin l'effort de la matière.
Une machine impose au fer des torsions,
La masse tombe et fend la pierre,
Et par moi, quelque part, s'allongeront des bras,
Des outils couperont, la vapeur luttera.

Je suis une idée en voyage
Qui se transforme en acte et de lui se dégage.
Après m'être incarné dans le cuir ou le plomb
J'en sors pour quelque randonnée.
Je suis un mouvement né d'un autre, fécond
Dans le rythme éternel des forces alternées.

J'accours où voltige l'espoir,
Où les dieux ont juré de capter l'eau dansante
Et d'enchaîner la flamme au fond des antres noirs.
Je brille et des cités s'étalent, débordantes ;
Il rôde dans les champs de grands trains annelés,
Les grains percent le sol, des rocs sont descellés.

Subitement les murs fléchissent, les fenêtres
Semblent des orbites de morts.
On se demande avec angoisse : Où donc est l'or ?
Je suis caché dans l'ombre, inutile à mes maîtres.
Leur foi seule était mon soutien,
Ils ont tremblé, je ne suis rien.

Espoir et ferveur

Nuit suprême

Baisse la lampe. Il faut, les soirs de ferveur grave,
Que nul geste, perçu distinctement, n'entrave
Le cours harmonieux du songe intérieur.
Viens là tout près de moi, blottis-toi sur mon cœur.
Le vent charge au galop la neige sur la route
Et la jette, claquante, aux fenêtres ; écoute
Geindre sous sa fureur les joints de la maison.
Songe distraitement, comme les riches font,
Que la froidure, ailleurs, s'ajoute à la famine,
Et jouis encor plus de cette heure divine.

Donne ta main. Je sens que les jours inquiets,
Où le doute à la folle ivresse s'alliait,
Ont enfin consommé le rythme de nos êtres.
L'impulsion d'un temps s'incarne dans un maître,
Une œuvre se condense en une idée, un mot ;
Ce soir dominera tous nos soirs de si haut
Qu'il résumera seul notre idylle complète.
J'ai dit que je n'aimais que toi, je le répète.
Endors-toi maintenant et laisse ton esprit
Gambader à sa guise en un monde fleuri.

Je veux veiller encor.
                    Dans les heures amères
J'irai vers le sommeil mains jointes, en prière,

Mais ce soir, le front ceint de roses, il me plaît
Que le rêve lucide aux ondoyants reflets
Remplace mon repos par son extravagance.
Je désire garder longtemps la conscience
Du bonheur ardemment convoité qui m'échoit,
Me dire : Il est réel et je suis vraiment moi,
Le mesurer avec des voluptés d'avare.
Le mesurer... C'est fait, hélas ! et je m'égare ;
Ne prévoyais-je pas tout à l'heure sa fin
Puisque son haut sommet sera touché demain ?
Pauvre enfant, la raison cynique me le crie,
Ils sont déjà comptés nos jours de griserie,
Et de savoir le temps si réduit devant nous
J'en aspire l'arôme à la fois âcre et doux,
Comme un phtisique boit l'air qui fuit sa poitrine.
Notre amour me paraît d'avance une ruine
Dont je contemple, ému, le style merveilleux.
Ne te réveille pas, tu verrais dans mes yeux
Une lueur distante et pleine d'ironie.
Ou plutôt, puisqu'on doit, pour le bien de la vie,
Chasser les visions de tristesse et de mort,
La sotte vérité, que j'ai cherchée à tort,
Que ta caresse, enfant, dans l'ombre la rejette,
Et d'espoir intangible éclairons notre fête.

La raison parle

– N'aimes-tu pas ce temps de discrète clarté,
Aube faite de grâce et de sérénité,
Où, rêvant qu'une bouche appuiera sur la tienne,
Tu marches au hasard, distrait quoi qu'il advienne,
Tu parles et tu ris, l'esprit courant les bois,
Et machinalement tu manges et tu bois ;
Où fusent, imprévus, dans l'air et se colorent
Des mots que tu n'avais jamais compris encore ;
Où simplement heureux de vivre, et confiant
Dans celle qui vers toi se penche en souriant,
Sans appréhension tu peux voir sur la scène
Les drames que l'amour dans l'existence entraîne.
À ces jours recueillis tu reviendras songer,
Alors, pourquoi ne veux-tu pas les prolonger ?

– Je craindrais, allongeant d'une heure la durée
De ce temps, défini comme une œuvre inspirée,
D'en détruire le rythme exquisement subtil.
J'aime jusqu'au troublant désir de cet Avril
Et je cherche à goûter sa beauté toute entière.
Mais l'homme, qui pourtant sait l'avenir précaire,
Tient son regard fixé sur un lointain bonheur
Même si le présent le baigne de tiédeur ;
Il ne s'arrête pas avant l'hôtellerie
Malgré le charme épars dans la verte prairie.

– Le bonheur dans l'amour ! Songe éternel et vain.
Que d'hommes le croyant prisonnier sous leur main

N'eurent qu'une minable aventure en partage.
D'autres, que la luxure a gagnés et ravage,
Devenus sous le joug de la femme, des chiens,
Sentent gronder en eux l'orgueil des jours anciens,
Déversent sur leur front des insultes affreuses
Et vont se recoucher aux pieds de la dompteuse.
D'autres encor, liés par l'âme et par la chair,
Perdent l'être sans qui leur vie est un désert,
Et ne pouvant créer d'astre qui les dirige
Abandonnent leurs sens à de mortels vertiges.
Si tu n'as rien appris à voir ceux-là souffrir,
Tes larmes couleront peut-être sans tarir.

– Si l'homme t'écoutait, Raison pusillanime,
Au lieu de s'élancer d'un coup d'aile sublime
Vers la gloire et la mort, dans le ciel, sur la mer,
Il resterait caché dans son trou, comme un ver.
Je veux savoir quel horizon m'ouvre l'extase,
Juger ce que mon cœur contient d'or et de vase,
Connaître ma constance et mon droit à l'amour.
Fort de ma grandissante émotion, et sourd
Aux aguichants appels dénués de tendresse,
Je ne tomberai pas dans de lâches faiblesses.
Si j'ai surestimé la femme de mon choix,
Si j'abjure ma paix pour saisir une croix,
Rien ne m'enlèvera, du moins, la jouissance
De reporter mon âme à ces jours d'espérance,
Sachant que n'aurait pas tinté leur pur cristal
Si je n'avais rêvé d'un bonheur intégral.

Déclaration

Femme, sitôt que ton regard
Eut transpercé mon existence,
J'ai renié vingt espérances,
J'ai brisé, d'un geste hagard,
Mes dieux, mes amitiés anciennes,
Toutes les lois, toutes les chaînes,
Et du passé fait un brouillard.

J'ai purifié de scories
Mes habitudes et mes goûts ;
J'ai précipité dans l'égout
D'étourdissantes jongleries ;
J'ai vaincu l'effroi de la mort,
Je me suis voulu libre et fort,
Beau comme un prince de féerie.

J'ai franchi les rires narquois,
Subi des faces abhorrées,
Livré mes biens à la curée
Afin de m'approcher de toi.
Devant moi hurlaient les menaces,
J'ai méprisé leurs cris voraces
Et j'ai marché, marché tout droit.

J'ai découvert, pour mon offrande,
Un monde fertile en plaisirs ;
J'ai pesé tes moindres désirs,
Je sais où vont les jeunes bandes,

Je connais théâtres et bals ;
J'ai dans les mains un carnaval,
Dans le cœur, ce que tu demandes.

Pour la rencontre, j'ai prévu
Quand je pourrais quitter l'ouvrage,
La route à suivre, un temps d'orage,
Et jusqu'au perfide impromptu.
J'ai tremblé que point ne te plaisent
Les tapis, les miroirs, les chaises.
J'ai tout préparé, j'ai tout vu.

J'ai mesuré mon art de plaire,
Mes faiblesses et ma fierté,
Les mots, l'accent à leur prêter ;
J'ai calculé d'être sincère,
Triste ou gai, confiant, rêveur.
Je me suis paré de pudeur,
De force et de grâce légère.

Et me voici, prends-moi, je viens
Frémissant, comme au sacrifice,
T'offrir, à toi l'inspiratrice,
Mon être affamé de liens,
Mon être entier qui te réclame.
Donne tes mains, donne ton âme,
Tes yeux, tes lèvres... Je suis tien.

Possession

Toi, femme âprement désirée,
Provocante et rieuse et souple et concentrée,
Qui torturas mes nuits en affolant mes jours,
À peine sur mon bras ta main fut-elle dure,
À peine eus-je saisi l'intention d'amour,
Que se dessina la figure
D'un avenir discret, simple, sentimental
Triste, passionné, bizarre, théâtral.

Dans l'avenir c'est toi, toi que j'apercevais.
En un moment je t'ai créé des attitudes
D'abandon souriant, de douce quiétude,
De caprice gentil, léger comme un duvet,
De tendresse grave et sereine
Et d'indulgente ardeur valable une semaine.

Romanesque, j'ai supposé
Ta soudaine rencontre avec une rivale.
Je t'ai vue endurer une peine abyssale
Ou marquer ton mépris dans un regard pesé ;
Signifier d'un geste insultant : « Que m'importe ! »
Et partir en faisant sur toi claquer la porte.

En esprit, pour garer ta pudeur d'un affront,
J'ai tué, frénétique et prompt,
Et je t'ai faite la complice
Muette, illuminée et calme qui poussait
Le mort sur d'autres immondices.

Et je t'ai peinte encor qui t'évanouissais.

J'ai donné, par goût de souffrance,
Une fin lamentable à ton affection.
Tu trouvais des motifs constants d'évasion,
Ton regard accusait l'horloge d'indolence,
Tu ne me prêtais plus que mollement ta main,
Puis tu m'abandonnais sous un prétexte vain.

Je me suis figuré ton maintien en famille,
Ton air quand on parle de moi,
Ton travail coutumier de maison, ton émoi
Lorsque ma lettre arrive avant que tu t'habilles.

En ton lieu j'ai vécu les départs et les deuils
Que l'existence te réserve,
Et même ta pensée au pied de mon cercueil
Dans la chambre ou pendant que le rite s'observe.

Si nombreux j'ai tracé dans l'air
Tes gestes possibles, ô femme,
Tellement je me suis incorporé ton âme,
J'ai tant aimé pour toi, haï, tremblé, souffert
Que tu ne feras rien, que tu n'auras nul doute,
Nul espoir, nul regret, nul mouvement, nul cri
Que d'avance je n'aie imaginé, compris.
Je te possède toute.

Reconquérir

J'avais au cœur la paix et dans les yeux le rêve.
Du haut de mon bonheur, hors des routes construit,
Sans hâte je cherchais un nouveau point d'appui
Pour atteindre une cime où nul ne s'éleva.
Mais voici que mon socle audacieux s'effondre :
La bien-aimée de qui je tirais ma puissance
M'échappe et se reprend.
Arrière, défaillance ;
Pour la reconquérir dans un suprême assaut
Ne suis-je pas encore armé comme jadis ?
J'ai mon immense amour et ce soir. Il suffit.
Je l'aurai là, proche de moi, nerveuse et libre,
À la fois attentive, attirée et lointaine.
D'un ton grave et profond je peindrai le ravage
En moi causé par le retrait de son visage.
Je jetterai des feux sur les temps abolis
Où mes actes, lanciers brutalement superbes,
Couverts de boue, venaient lui présenter des gerbes.
Mes années de pensée, galerie de miroirs,
Montreront son image à tout endroit présente.
L'orgueil des jours mauvais, de lui-même tombant,
À mon âme fera des traits adolescents.
Je trouverai les mots qui lui rappelleront
Les dévouements sereins et les tendresses pures
Qu'elle eut à ses côtés et rendit sans mesure.
Et lorsque la rebelle adorée, oscillante,
Sentira la tenace et souple vérité
L'enserrer dans un rets aux infrangibles mailles,

J'agiterai dans le silence les sonnailles
Qui, réveillant au fond de son cœur anxieux
Les heures de beauté, d'abandon et de grâce,
Susciteront, dans le brouillard qui s'évapore,
La vermeille splendeur d'une seconde aurore.
Il est possible, hélas ! que je ne sache pas
L'étincelant remède au mal qui la frappa :
Alors quelque hasard, commensal de l'orgueil.
Bien loin la poussera.
                                        Moi, fécondé par elle,
De joie et de douleur profusément nourri,
Capable désormais de vivre par l'esprit,
J'attendrai.
                              Aussitôt que mourra, poitrinaire,
Sa délectable impression de délivrance,
L'errante percevra que la vague des jours
Insidieusement a lavé son amour
D'un peu de la rancune accueillie en temps calme.
Plus tard viendront les soirs d'énervement sans cause,
Les midis clairs soudain gagnés par la chlorose,
Et les bruyantes rues en déserts se changeant.
Les couples amoureux souriant, enlacés,
Lui mettront sur la face un tic désabusé.
En elle passera, muette, la douceur
D'avoir, près d'un ami, la confiance émue
Qu'assiègent vainement les menaces griffues.
Elle verra, dans le passé fuligineux,
Un espace où la plus ordinaire soirée,
Un arbre, un coup de vent, des chaloupes ancrées,
Par leur nimbe diront qu'en ce temps elle aima ;

...Cependant que brûlé, l'âme changée en cuivre,
Insensible au fardeau comme au plaisir de vivre,
Je ne serai plus rien au monde qu'une voix,
Pour que l'aimée entende et revienne vers moi.

Résurrection

Ces lettres d'autrefois j'avais soif de les lire.

La brume qui voilait le passé se déchire,
Les lieux et les objets anciens chassent le soir.
Je redeviens celui qui voyait son espoir
Courir, tumultueux, vers la plaine enchantée ;
Qui, pour ouvrir son âme à la vie exaltée,
Pour entendre la voix frémissante des cœurs,
Pour capter le parfum du rêve et les couleurs,
Demandait ta venue, Amour incendiaire.
Celui qui, tressaillant de sa force plénière,
Sentait tourbillonner ses pensées, ses désirs
Et les voyait, de jour en jour, se départir
De leur charnellité, d'abord incitatrice,
Puis s'affiner dans la douceur du sacrifice,
S'élever - forme pure émergeant du chaos -
Jusqu'à l'extase.
Un flux dément gagne mes os
Et le présent et le passé, fondus ensemble,
Forment une magique atmosphère, et je tremble
Ainsi que je tremblais, aux vigiles d'amour.

Et maintenant, hélas ! j'ai soif des anciens jours.

Lettres

Simples ou parées, quelques qu'elles soient.
Les lettres que nous envoyons aux femmes,
Les lettres de désir et d'amour et d'espoir,
C'est notre moi qui s'évade,
Ce sont des êtres
Qui, de toutes leurs cellules, les mots,
Vont frapper les nerfs, le cœur, le cerveau,
Créer de la vie étrange, inattendue.
Telle qui fut écrite mollement
Nous apporte un enchantement,
Une réponse qui nous arrive
Ainsi qu'un jeune dieu né d'une source vive,
Et nous restons émerveillés,
Nous demandant : Quoi de nous,
Quoi donc s'est transfiguré ?
Telle autre où notre pitié cherchait,
D'une main délicate, à panser une plaie,
Déchaîne l'orgueil qui nous cravache.
Nous avions dit : Amour.
Pourquoi donc, en retour,
Cette lettre nous tourne en caricature,
En monstre fait de tous nos défauts,
De nos seuls défauts, de nos seules tares ?

Ces lettres que nous avons inspirées,
Quelles qu'elles soient, simples ou parées,
Ce sont nos enfants
Où nous cherchons fiévreusement

Des marques d'hérédité.
Nous cherchons dans leurs traits les nôtres,
Comment cette semence, cette idée
S'est ainsi réincarnée,
Nous revient étrangère, pourtant reconnaissable.
Nous cherchons pourquoi, pourquoi
Telle lettre que nous ouvrons
Promet d'abord de riches floraisons
Puis se dilue et traîne, lymphatique ;
Pourquoi telle autre où nous souhaitâmes
Contempler, rajeunie, notre force,
Nous renvoie une image affaiblie et douteuse,
Comme fait un étang brouillé.

Quelles qu'elles soient, quelles qu'elles soient
Les lettres que nous recevons des femmes,
Lettres dont la froideur nous incise,
Ou qui sont à l'esprit d'adorables hantises ;
Quelles qu'elles soient, quelles qu'elles soient
Les lettres que nous envoyons aux femmes,
Les lettres de désir et d'amour et d'espoir,
Qui vont frapper les nerfs, le cœur et le cerveau,
Ce sont des êtres tendus éperdument
De tous leurs mots, de tout leur sang,
À créer de la vie étrange insoupçonnée,
D'autres lettres, d'autres êtres.

Quelles qu'elles soient, simples ou parées,
Nos lettres sont notre moi qui s'évade,
Celles des femmes sont nos enfants.

Souffrance et cynisme

Le damné

Je voudrais que la nuit fût opaque et figée,
Définitive et sourde, une nuit d'hypogée ;
J'oserais approcher, soudainement hardi,
De la femme pour qui je suis un grain de sable,
Et d'un mot lui crier mon rêve inguérissable.
Elle ne rirait pas, devinant un maudit.

Pour m'imposer à sa pitié de curieuse,
Je ferais de mon corps une chose hideuse
Et m'en irais pourrir sur un lit d'hôpital.
Mais de plaisir son cœur est seulement avide,
Pour son linge elle craint une senteur d'acide.
Elle ne viendrait pas diviniser mon mal.

Ayant dit mon amour et ma désespérance,
Je me tuerais avec bonheur, en sa présence,
Pour la voir essayant d'un geste à m'arrêter.
Elle ne s'émeuvrait que la balle partie,
Et, contente d'avoir un drame dans sa vie,
Raconterait ma mort d'un faux air attristé.

Depuis longtemps le feu des damnés me possède,
L'enfer m'attend. Que nul ne prie ou n'intercède.
Qu'elle puisse me voir un instant, de son ciel,
Debout, grave et hautain, sur les rocs de porphyre,

Illuminé comme sa chair que je désire,
Je ne me plaindrai pas du supplice éternel.

Nouvel amour

Comment savoir d'avance
Si ce nouvel amour sera la vague immense
Qui transportera l'âme ivre d'émotion,
Jusqu'où s'annonce, enfin, la révélation,
Ou s'il ira se perdre en fol espoir vivide,
En trépignements dans le vide ?

À sa famille de pensées
Une femme nous présenta ;
Ravi, nous avons dit, en phrases nuancées,
Vers quel bonheur tendaient nos pas.

Un soir de clair de lune,
Un moment de tendresse et de rêve charnel,
Où le monde paraît simple et presque irréel,
Cette femme devient la grisante fortune
Que notre désir appelait.
Le songe autour de nous danse un pas de ballet.

Tout à coup transparaît en l'aimée une tache
Qui nous hallucine, grandit,
Éclipse ses vertus et cache
Son charme de jadis.

Et parce que la dissemblance
Inéluctable entre les cœurs,
Avança par hasard son jour de délivrance,
Le bel amour nouveau se meurt.

Jours de souffrance

Ô les jours où le cœur broyé dans un étau
Sent monter, comme une marée,
La trahison de la femme adorée ;
Où sans cesse l'on tourne et tourne en son cerveau
La même torturante idée ;
Où, des heures, l'on tend une oreille obsédée
Par le pressentiment trompeur
Qu'arrive la lettre attendue ;
Où l'on répète, pour la prochaine entrevue,
Un rôle plein de tragique douleur ;
Où l'on tâche à ne pas regarder la nature
Ni le ciel azuré,
De peur que, sous le choc de la beauté, ne dure
La colère où se plaît l'orgueil exaspéré.

Ô jours, soyez maudits pour cette âpre souffrance.

Ô les jours où l'on voit son ardeur, ses talents,
Ses penchants et le plus intime de son âme
Par soi jetés aux pieds de cette femme,
Tels des sacrifiés aux dieux indifférents ;
Où les désirs inapaisés, blême cortège,
Viennent crier qu'on les a déchaînés
En se laissant tomber au piège
D'un artifice suranné ;
Où la pensée au fond d'un abîme se plonge
Pour oublier les rêves décevants ;
Où, dans ce noir, on goûte et raffine et prolonge

L'amère volupté des blasphèmes savants.

Ô jours, soyez maudits pour cette âpre souffrance.

Ô les jours où la vie, en son rythme animal,
Ayant adouci la blessure ancienne,
On cite en pensée à son tribunal,
Avec la clairvoyance de la haine,
La femme admirée autrefois ;
Où dans elle on aperçoit
La vanité qui prédomine,
L'égoïsme en l'amour drapé,
Et jusqu'à ces laideurs profondes qu'illumine
Un mot par hasard échappé ;
Où, reniant son âme aveuglée,
Plein de mépris pour ce qu'on fut en ce temps-là.
On ricane devant la face maculée :
Ce n'était que cela !

Ô jours, soyez maudits pour cette âpre souffrance.

La sacrifiée

Le passé me disait : Laisse là cette femme
Sinon tu connaîtras le dégoût de mentir,
L'abjection de la querelle et du faux drame,
La lutte entre l'esprit et la chair qui réclame,
Et jusqu'aux bas calculs pour la faire souffrir.

Ton âme qui pour croître a besoin de pensée
Et cherche, en l'appelant du mot bonheur, son pain,
Ton âme qui respire autour de toi, forcée
De vivre en cet infect marécage enfoncée,
Se gonflera d'un suc violent et malsain.

Chasse au loin cet amour, ce qu'il en reste encore,
Qu'importe si l'espoir d'un autre meurt par toi !
L'homme n'a pas pitié du bétail qu'il dévore,
La pensée au seul prix du malheur s'élabore ;
Pour sustenter ton âme, immole, c'est la loi.

Je dis alors à mon amie : Adieu, ma chère.
Désormais nous irons un chemin différent ;
Et comme elle ignorait ce qui put me déplaire
Et me voyait toujours fidèle et sans colère
Elle ne comprit pas et s'en alla pleurant.

Pendant que sa douleur hantait ma solitude,
Que le désir cloîtré me brûlait de nouveau,
L'acte cruel ayant fouetté mon aptitude,

J'écrivais un poème ardent, sincère et rude,
Et, richement payé de larmes, il fut beau.

Vigile

Ô les mots qu'on adresse à la femme attirante,
Les mots qu'on veut badins, spirituels, charmeurs ;
Mots voilés et pensifs, échappés ou qu'on tente !
– Prélude où le désir se cache dans les fleurs.

Ô les regards soudainement pleins de lumière,
Où se révèle un cœur ouvert et confiant,
Regards que l'on dirait de limpides prières !
Respectueux regards – manège inconscient.

Ô les saintes pudeurs devant la bien-aimée,
Et, dans les songes fous, promptitude à bannir
Toute image lascive auprès d'elle formée !
– Épargne ingénument faite pour l'avenir.

Visions d'un bonheur imprécis et sans fièvres,
Chaste frémissement quand se joignent les mains
Et que l'on croit baiser une âme sur des lèvres !
– Mirage nécessaire à l'idéal humain.

Les yeux mi-clos, la chair se prépare au festin.

Incident banal

Comme je fus toujours un loyal serviteur,
À mon maître j'ai dit : « L'homme à piteuse mine
Qui laboure pour toi le flanc de la colline,
Ne gagne pas l'argent promis à son labeur. »

L'homme, affaibli par le travail et la misère,
Fut chassé. Ses enfants retrouvèrent la faim,
Son épouse marcha pieds nus dans le chemin,
Et le maître paya mon zèle d'un salaire.

La femme que j'aimais eut alors le bijou
Que réclamait son âme, encor peu avancée,
Pour s'élever jusqu'à l'amour et la pensée.

Je ne ressentis pas plus de remords qu'un loup
Qui rapporte un agneau sanglant à sa femelle,
Pendant que dans le champ, au loin, la mère bêle.

Nocturne

Que chantent les grillons et s'allument les phares !
Un esprit est venu sur le fleuve houleux
Réapprendre à nos cœurs des mots miraculeux.
N'incite plus, ô vent, les feuilles aux bagarres.
Dans l'air est apparu l'ancien rêve d'amour,
L'impérissable rêve au chaste et blanc contour.
Grillons, chantez encore et que brillent les phares !

Voici notre passé de désirs haletants.
Terre, jette un tapis de mousse et de pétales
Devant ces jours, chargés d'erreurs sentimentales,
Qui clament la valeur grandissante du temps,
Du temps si précieux pour nos âmes avides.
Effeuillez-vous, ô fleurs, onde, calme tes rides,
Voici notre passé de désirs haletants.

De lourds oiseaux de nuit s'en vont battant des ailes.
Partout l'effort de vivre en l'ombre est suspendu.
Plus nous voulons reconquérir le temps perdu
Et plus nous retenons les paroles formelles.
Nous hésitons, de peur de nous tromper encor.
L'espérance d'amour, triste, prend son essor
Avec les grands oiseaux qui fuient battant des ailes.

Synthèse

Dans la foule aux replis profonds, l'homme et la femme,
Se voyant, ont croisé le regard qui proclame
Une mystérieuse affinité de l'âme.

La conversation habile a dessiné
Un passé de droiture où des malheurs sont nés ;
À se chérir ils se sont vus prédestinés.

Émoi de se sentir, par cet amour, renaître.
Indicibles baisers irradiant tout l'être.
Sourires dans les yeux qu'une langueur pénètre.

Ils disent leurs projets, leur travail quotidien,
Les secrets négligés aux premiers entretiens,
Et de leurs dons bientôt ils n'ignorent plus rien.

Les caresses des mains n'atteignent plus à l'âme.
Leur trésor dépensé, qu'un fol ennui proclame,
Dans les replis profonds rentrent l'homme et la femme.

Impuissance

Je ne sais pas si je sais vivre.
Plusieurs fois chaque jour je devrais arrêter
L'instant qui se faufile et fuit,
Et désespérément me cramponner à lui.
Je devrais serrer sur mon cœur
Les voluptés que j'ai conquises
Contre les hommes et la bise,
Sentir en moi, autour de moi sourdre la vie,
Entendre murmurer, dans l'espace et le temps,
Le cantique éternel des recommencements,
Tandis qu'éparpillé, distrait, hors de mon centre
Je ne puis retenir mon esprit qui combat
Pour m'enlever deçà, delà
Des bonheurs qui de loin sont clairs et définis
Mais sitôt près de moi paraissent des brouillards.
Chaque matin je suis mordu
Du besoin d'aller vers un but
Que mon désir découpe au lointain, dans la paix.
Plus loin, toujours plus loin la plaine reposante !
Et je marche... mais quand j'arrive,
Comme si j'apportais avec moi la tourmente,
Je trouve une prairie hérissée par le vent.

Je cherche en vain la vérité.
Un homme dit : « Elle est ici, »
Un autre fait signe : « Elle est là, »
Mais je ne trouve rien qu'un décalque d'eux-mêmes.

Je ne sais s'il vaut mieux être un simple d'esprit
Auquel on a tracé sa route,
Ou celui qui s'abreuve à toutes les idées,
Qu'assaillent tous les doutes.
Je ne sais s'il vaut mieux que le monde déploie
Les sombres violets et le pourpre du mal
Parmi quoi la bonté, pur diamant, flamboie,
Ou qu'il devienne sage et terne.
Je ne sais même pas
Si mieux vaut une nuit d'orgie ou de pensée.
Je repousse du pied des dieux
Que dans mille ans d'autres, peut-être, adoreront
Comme je l'ai fait à mon heure.
Parmi les vérités contraires,
Chacune calmante à son tour,
Je suis comme au milieu des plantes salutaires
Mais dont nulle ne peut me soutenir toujours.

Je ne sais pas encore
Si je n'ai pas toujours rêvé.
Tout à coup je perçois que jaunissent les feuilles
Et je dis : C'est l'automne !
Mais qu'ai-je donc fait de l'été ?

Je cherche alors ce qui m'advint dans le passé,
La colonnade de ma vie,
La volonté libre et suivie
Par laquelle je fus moi-même éperdument.
Les montagnes et les vallées de l'existence
Impérieusement dictèrent ma conduite.

La faim me bouscula jusqu'aux lieux d'abondance,
Mon courage naquit de l'effroi d'un malheur,
D'un malheur à venir plus grand
Que celui du moment.
Je ne sais sur quoi m'appuyer,
Je vis de mouvement et rêve de bonheur
Alors que le bonheur, m'arrêtant, me tuerait.
Aucun jour ne ressemble au jour qui le précède,
Incessamment la voix des âges se transforme.
Je passe au milieu de mes frères,
Je les vois se rosir de la flamme première,
Puis se plisser, pareils à des outres vidées,
Et, quelque matin, disparaître.
Magiquement croît la forêt
Où jadis l'herbe s'étalait.
La vie aux formes innombrables
S'impose à mes regards, me commande, m'étreint
Sans dévoiler ses fins.
Et, face à l'étendue, ballant, désemparé,
Perdu sur cette terre absurde
Où nul ne pénètre les autres,
Où nul ne se connaît lui-même,
Où nul ne comprend rien,
Je crie mon impuissance aux formidables forces
De la matière en marche, éternelle, infinie.

Calme

Le lac

Aux pieds de trois coteaux habillés de sapins
Gît un lac profond, clair et sage,
Où maintes fois je suis descendu, le matin,
Aspirer la paix qu'il dégage.

Rond et luxuriant, à son centre, un îlot
Ressemble au chaton d'une bague ;
Les arbres alentour, penchés au bord de l'eau,
Y dessinent des formes vagues.

Libre de quais encore, à nul chemin ouvert,
Inutile et pur diadème,
Il est, dans l'âpreté de ce pays désert,
Une œuvre d'art pour l'art lui-même.

Je suis ton amant pauvre, ô lac, et ne peux pas
Arrêter les sinistres haches ;
Écoute-les sonner, autour de toi, le glas
Du bois qui te pare et te cache.

Tu deviendras, parmi les maisons, les champs nus,
Une eau sans attraits, une mare,
Une chose qui sert à naviguer dessus,
Dont la multitude s'empare.

Qu'importe ! Ils n'auront pas, ces maîtres imposés,
Connu ton sourire de vierge ;
Je le garde en mon cœur comme un secret baiser
Que j'aurais cueilli sur ta berge.

Gratitude

J'ai dit à la forêt haute et pleine d'orgueil :
« Tuer, seul me déride ;
J'irai dans tes abris dépister le chevreuil
Et le lièvre timide. »

Lors la forêt m'offrit, pour mon repos du soir,
Un lit d'herbe et de mousse
Où la lune envoyait, entre les rameaux noirs,
Une lumière douce.

Je sommeillais lorsque des grenouilles sautant,
Nombreuses et pressées,
Se formèrent en chœur de musique imitant
Des guitares pincées.

Et comme pour répondre à l'orchestre du sol
Par des voix plus parfaites,
Par des accents venus du ciel, des rossignols
Chantaient parmi les faîtes.

L'âme bonne, au milieu du concert sans apprêts,
Je songeais sur ma couche,
À tous ceux-là, chasseurs, colons, que la forêt
A dévorés, farouche.

Au jour quand un chevreuil, avançant avec soin,
Prit l'ordinaire pente,

Par gratitude envers la nature obligeante,
Je ne le tuai point.

Le val

Je connais, dans les Appalaches,
Un val séduisant qui se cache
 Comme un rêve ingénu ;
Un val aux pentes fantaisistes
Où se promène, dans les schistes,
 Un ruisseau bienvenu.

Quand, brusquement, on le découvre
C'est un avenir clair qui s'ouvre,
 Un sourire enjôleur
À quoi l'âme n'était pas prête.
On subit le charme, on s'arrête
 À l'offre de bonheur.

Ici qu'il serait doux de vivre !
On s'imagine avec un livre,
 Assis sous un pommier.
On a maison, femme et bagage...
Mais on pense au but du voyage,
 Aux tracas coutumiers.

Les yeux ravis on part, on gagne
Le grand chemin ou la montagne ;
 Au val on dit adieu,
Plein du pressentiment morose
D'abandonner, parce qu'on n'ose,
 Un destin radieux.

Maison abandonnée

Audacieusement sise à cette hauteur,
Cette maison proprette et d'une vigne ornée
Est au milieu d'un tel déploiement de splendeur
Que l'on devrait, il semble, y trouver le bonheur.
Pourtant elle est abandonnée.

Abandonnée, avec ces champs verts alentour !
Vide, quand on peut voir de toutes ses fenêtres
Des coteaux, des vallons et des coteaux toujours !
Déserte, quand un lac au gracieux contour
Se montre là-bas dans les hêtres !

J'ai vu dans des pays ennuyeux, gris et plats,
Des maisons sans aucun relief ni caractère,
Près desquelles paissaient des troupeaux de bœufs gras,
Pleines de mouvement, de filles et de gars,
Où l'on trouvait bonne la terre.

Aux unes la richesse, à l'autre un pur tableau.
Ô Nature, en frappant de gel cette colline.
Voulais-tu dire au bâtisseur qui vint si haut,
Que l'homme éperdument attiré par le beau
À la misère se destine ?

Défricheur, qui rasas les bois pour t'établir
Et préparas l'émotion qui me transporte,
Je dois à ton travail de goûter ce plaisir ;

Pour te remercier permets-moi de t'offrir
Ces vers écrits devant ta porte.

Blancheur

C'est la neige tourbillonnante
Qui voltige dans l'air, mousseline vivante,
La neige qui s'arma, dans l'extase du froid,
D'une beauté trop loin de la vie et traîtresse,
La neige pleine de caresses,
Si douce au pas quand elle choit.

Ceux-là dont le sang bout dans les veines, les forts,
Devant la blancheur qui s'amasse
Songent aux glissements rapides sur la glace,
Aux rudes chasses dans le nord,
Aux descentes vertigineuses dans les côtes.
Pour eux l'hiver se fait le plus charmant des hôtes.

Dans l'hiver détesté, les faibles, les vaincus
Sentiront des couteaux s'incruster dans leurs membres.
Il y aura d'atroces chambres
Où pâtiront des enfants nus.
Des gorges râleront le malheur des poitrines,
La fièvre écrasera les débiles échines.

La neige omniprésente impose sa splendeur
À l'infini des champs, aux bois dominateurs.
Dans les chemins comblés, marqués par les seuls arbres,
Où court la poudrerie en nuages sifflants,
On trouvera demain des cadavres de marbre.

Mais que les corbillards seront beaux dans ce blanc !

Les îles

Au large, dans l'attrait d'un fier isolement,
Apparaissent les îles
Où parfois en rêveur, en chasseur, en amant
À la sourdine on file.

N'importe où l'on aborde, avidement on fait
Le tour de son royaume,
Et la tente, sitôt dressée, est un palais
Que l'atmosphère embaume.

On se trouve lié d'instinct aux voyageurs
De tout bateau qui passe.
On a de l'intérêt pour les hérons guetteurs
Grimpés sur leurs échasses.

On muse sur la grève, on fauche pour son lit
Les rouges salicaires
Par quoi l'île transforme en élégants replis
Marais et fondrières.

L'éloignement du monde infuse dans l'air pur
Un subtil aromate.
On écoute en son cœur, près de l'eau, sous l'azur
Chanter une sonate.

On s'en revient les yeux fixés là-bas, et tel
Qu'aux jours de sa bohème ;

Heureux d'avoir été, dans le calme archipel,

Splendidement soi-même.

Paysage aimé

Hanté de souvenirs, l'âme pleine d'images,
Je viens à ta beauté, seul, en pèlerinage,
Pays qui me fus bon.
De gradin en gradin, de pensée en pensée
J'ai gravi le sommet de l'arête dressée
Sur ton vaste horizon.

Et te voici, baignant dans l'or fauve d'octobre.
Pays de mon souhait, vallée aux lignes sobres
Où dort le fleuve bleu.
Voici les monts pointus qui t'ornent de dentelle,
Les toits rouges fuyant vers l'est, où l'on démêle
De grands pics nébuleux ;

Là-bas, la route où nous allions, fous de vitesse,
Des chansons à la bouche, au cœur notre jeunesse ;
Là, les vierges bois francs
Où, chassant, nous tombions de surprise en surprise,
Heureux de découvrir un étang, des cerises,
Même en nous égarant.

Le « buton » gravement monté, près de l'amie,
Et descendu dans une course irréfléchie,
Nous tenant par les doigts ;
L'île, désir géant de la belle fantasque,
L'île atteinte à la voile après quelle bourrasque,
Après combien d'émois !

Les champs pleins de senteurs, fertiles en beaux sites,
Où je flânais, cueillant du foin, des marguerites,
Où j'aimais à dormir
Dans un lieu qui visât la plus haute des cimes,
Les champs dont l'infini recueillement anime
Les songes d'avenir !

Ô pays ! mon passé revit dans l'étendue,
Dans tes plis d'or, tes bosquets roux, ta rive ardue,
Dans tes chemins pierreux.
Et la claire beauté de ton décor immense
Se confond dans mon âme avec la souvenance
D'un temps harmonieux.

Le sentier

Le sentier que j'aime le mieux
Quitte en sournois la route blanche
Où passent trop de curieux,
Et disparait entre les branches.

Celui qui traça son parcours
Fut, je crois bien, un solitaire
Qui pour écrire ses amours,
Choisit comme papier la terre.

Sitôt à l'abri des regards
Il devient un chemin tout rose
Coupant la bruyère au hasard.
– Première joie en l'âme éclose.

Puis il saute un ruisseau : miroir
Où l'on se rencontre avec Elle :
Dans un sourire on laisse voir
L'inclination mutuelle.

Lestement il grimpe un coteau
Dont les framboises et la menthe,
Le petit thé, le pain d'oiseau
Disent une époque attrayante.

En faisant un détour brusqué
Il montre un pic nu, détestable,
Qui semble un bandit embusqué.

– Cette querelle inévitable !

Voici qu'au bord de la forêt
Il marque à peine l'herbe rase,
Se glisse presque droit, discret.
– L'accord se rétablit. On jase.

Des buissons transparents, soudain,
Il émerge et court à la grève,
D'un lac aux horizons lointains
Où vogue, épanoui, le rêve.

Le sentier où je fus souvent
A tant d'attraits pour ceux qu'il guide,
Que nul ne s'en écarte avant
De se trouver, au lac sans rides,
Face à l'amour vaste et limpide.

Bonheur lucide

J'avais le souvenir d'ineffables aurores,
De ruisseaux cascadants cachés dans les vallons,
De pourpres archipels et de grèves sonores
Que visitent les flots crêtés et les hérons.

Je gardais le sourire accueillant des pinières
Qui filtrent le soleil dans leur dôme verni.
J'avais en moi des horizons où les rivières,
Dévalant des hauteurs, coulent vers l'infini.

Et lorsque je voulus m'exprimer, ô Nature,
Je trouvai ma pensée unie à ton décor,
Fondue en toi, plus souple, harmonieuse et pure
Et sachant se parer de symboles et d'or.

Ce n'étaient, cependant, que des baisers rapides
Ces révélations de formes, de couleurs ;
Je passais, tu venais me ravir, mais stupide
J'allais chercher au loin des plaisirs tapageurs.

Aujourd'hui l'art m'a fait abandonner la hâte
De voir ce qui m'attend au terme du chemin,
Et chasse de mon cœur l'accoutumance ingrate
D'assujettir le jour présent au lendemain.

Libre, je viens à toi, Nature qui m'appelles.
Déjà mes pas, froissant le trèfle, ont dégagé
L'odeur d'après-midi vaguement sensuelles.

Je m'enivre de paix riante et d'air léger.

La lumière éblouit l'esprit et l'étendue.
Les montagnes, là-bas, où finit le lac bleu.
Avec les bois distants en chaîne continue,
Font un cirque parfait, d'un dessin fabuleux.

Des arbres espacés monte le chant des grives.
La beauté de ce jour en moi trouve son nid,
Et semble une caresse ancienne que ravive
Un cœur infiniment lucide et rajeuni.

La rivière aux trois ponts

Du haut de la côte pelée
Je l'aperçus courant, marchant,
Sinueuse, dans la vallée,
En plein soleil ou se cachant
Derrière un arbre, son ombrelle,
Ou dans un rideau de millet ;
Et lorsque j'arrivai près d'elle,
Sur son gravier elle riait.

« Trois ponts, dit-elle, pour un mille
De ce grand chemin poussiéreux !
Les arpenteurs, gent incivile,
Lancèrent des mots furieux,
À me voir toujours dans leurs jambes.
Depuis ce n'est que des mamours,
À ma rencontre les yeux flambent,
Tellement plaisent mes détours.

« Et je vais. La vie est charmante
À se trotter ainsi partout :
Un troupeau de bœufs me fréquente,
J'aime à mirer leurs grands yeux doux.
Je reçois des moutons, des chèvres
Et même là-haut, dans le bois,
Ours et chevreuils, renards et lièvres
Causent un instant avec moi.

« Le long de mon itinéraire,

L'orge, le blé, le sarrasin,
Se succèdent pour me distraire.
Les butomes sont mon jardin.
Je vois la lune et les étoiles
Et m'amuse du ciel truqué
Que je deviens, les nuits sans voiles.
Mon bonheur est peu compliqué.

« Le vent, beau raconteur d'histoires,
Dépeint tout un autre univers
Où des rivières peuvent boire
Le lac immense où je me perds.
Il parle de jours sans aurore,
D'étés qui ne finissent pas,
D'éruptions, que sais-je encore...
Je me moque de ce fatras.

« Une fois je pensai fort sage,
Sur son conseil, de réfléchir.
Malheur ! Je fis un marécage
Où les ouaouarons vont pourrir.
Il en émerge, d'aventure,
De jaunes et blancs nénuphars,
Mais c'est maussade et sans bordure,
À peine bon pour les canards.

« Plus bas il est poussé deux saules
Qui jasent le jour et la nuit
Dans un langage obscur et drôle,
Plein de sentences et d'ennui.

Ils interrogent les narcisses,
Les hiboux, le soleil levant
Et jusqu'à moi. Prompte, je glisse !
Ils ont trop écouté le vent.

« Malgré les notions diverses
Que m'offrent les temps et les lieux,
À suivre un but rien ne m'exerce
Excepté le ruisseau boueux.
Il m'exaspère, alors je tâche
De paver mon lit de cailloux
Afin que demeure sans tache
Le lac clair où je me dissous. »

Le vieux

C'est un grand vieux au dos voûté
– Figure osseuse et gros nez croche –
Qui cherche, d'un air embêté,
Quelque chose au fond de ses poches.

Son œil s'illumine ; il s'assoit.
Il a retrouvé sa torquette
Et la coupe en tremblant des doigts.
Sa face redevient muette.

Il a plus de quatre-vingts ans,
« Trente-sept » il se le rappelle.
Que de précieux documents
On tirerait de sa cervelle !

De sa main droite le vieillard
Roule le tabac dans sa paume.
– « Contez-nous donc, père Sicard,
Vos aventures de jeune homme. »

Lentement il lève le front,
Et lorsque sa pipe est chargée,
D'une voix traînante il répond :
« Les affaires sont bien changées ! »

Dans un fauteuil il s'est calé
Et son regard figé retombe.

Déjà son secret est scellé
Aussi bien que dans une tombe.

Dans les parcs

Tant que dans les places publiques
Les bancs remplissent leur devoir
D'hôtels sans frais ni domestiques,
Des gueux oisifs y viennent choir.

Vieillards qu'a rejetés l'usine.
Blêmes journaliers surmenés,
Types d'incertaine origine,
Anciens richards et pauvres nés,

Ils restent là pendant des heures,
Mornes, le menton dans la main,
Sans remarquer qui les effleure
Ni sourire aux jeux des gamins.

L'un pense à sa femme malade,
L'autre à ses garnements de fils ;
Un tel revoit ses bambochades,
Celui-là ses plans déconfits.

À tous leurs bras sont inutiles,
Le travail manque, et l'avenir
S'annonce encor plus difficile.
Bientôt qui voudra les nourrir ?

Les gueux dix fois, cent fois de suite
Font de leur vie un relevé
Et calculent sa réussite,

Tel guignon ne fut arrivé.

Puis d'un pas de traînards d'armée,
Demi-résignés, engourdis,
Leur dernière pipe fumée,
Ils gagnent Dieu sait quels logis.

Désir simple

Jeunes filles qui brodez
En suivant des songeries,
Seules sur vos galeries,
Ou qui dehors regardez,
Comme des oiseaux en cage,
Si j'en avais le courage
Vers l'une de vous j'irais
– Dieu sait encore laquelle,
La plus triste ou la plus belle –
Et d'un ton simple dirais :

– « Vous êtes celle, peut-être,
Qui m'apparaît si souvent
Diaphane dans le vent,
Celle que je dois connaître ;
Je suis peut-être celui
Dont vous attendez l'appui,
Et qui tient en sa puissance
Tout le splendide inconnu.
Nous aurons, c'est convenu,
L'un en l'autre confiance. »

Lors je peindrais l'idéal
Qui m'aiguillonne et m'élève ;
Vous confesseriez le rêve
De votre esprit virginal.
Nous avouerions si la vie
Nous fut l'intruse ou l'amie,

Quels plaisirs nous ont lassés,
Ce que l'aube nous murmure,
Par quelle sainte blessure
Nous apprîmes à penser.

Il se pourrait que soit vaine
La tentative d'aimer ;
Pourtant, les cœurs sont rythmés
En mesures si prochaines,
Qu'entre nous il resterait
Des attaches, un secret.
Et quand, les jours de grisaille,
Nous irions au temps défunt
Il en naîtrait le parfum
D'éphémères fiançailles.

Réminiscences

Les deux amis à barbe grise,
La jambe croisée, en fumant,
En sont arrivés doucement,
La dernière nouvelle apprise,
À parler des choses d'antan.

Du fond de lointaines époques,
Comme un projecteur, leur esprit
Fait surgir des êtres chéris,
D'étranges mœurs, des mots baroques,
Des maisons de bois équarri.

Une date prend un visage,
La vie est leur calendrier.
– « Ce pauvre Anthime, le rentier,
Se noya pendant mon veuvage. »
– « C'est vrai, j'apprenais mon métier. »

L'amour instinctif de la race,
Plus accentué chez les vieux,
Les engage à parler de ceux
Qui venus d'eux prendront leur place,
Des alliés et des neveux.

On compare garçons et filles,
On fait l'inventaire des biens :
Plusieurs couples ont des moyens
Et font instruire leur famille,

Ce que ne pouvaient les anciens.

Alors, d'un ton où se devine
L'amertume d'un rêve enfui
Et la foi qu'une étoile a lui
Pour les fils, un des vieux opine :
– « Ah oui ! les jeunes d'aujourd'hui... »